Der Trainerin

Erika Sanders

Herrschaft und Erotische Unterwerfung

Zusammenfassung

Erika findet ihre Trainerin sehr sexy.
Wird sie etwas tun, wenn sie mit ihr
allein ist?...

Der Trainerin ist ein Roman mit starkem erotischem BDSM-Gehalt und wiederum ein neuer Roman aus der **Herrschaft und Erotische Unterwerfung**, einer Reihe von Romanen mit einem hohen romantischen und erotischen BDSM-Gehalt.

(Alle Charaktere sind 18 Jahre oder älter)

Erika Sanders ist eine international bekannte Schriftstellerin, die in mehr als zwanzig Sprachen übersetzt wurde und ihre erotischsten Schriften, weit entfernt von ihrer üblichen Prosa, mit ihrem Mädchennamen signiert.

Index

DER TRAINERIN
ERIKA SANDERS

Obwohl Erika von den College-Kursen des Tages ziemlich erschöpft war, bemühte sie sich dennoch, im Fitnessstudio der Universität zu trainieren. Sie brauchte es. Ehrlich gesagt war sie die schlechteste Spielerin im Softballteam.

Sicher, sie war bereits in guter Form, aber im Vergleich zu den anderen Mädchen im Team war sie einfach nicht gut genug und es war ein Wunder, dass sie es überhaupt ins Team schaffte. Das Team benötigte eine Mindestanzahl an Spielern und Erika war dieses Minimum.

Nachdem sie eine Push/Pull-Routine mit verschiedenen Maschinen durchgeführt hatte, machte sie eine Verschnaufpause, bevor sie auf die Bauchmuskeln traf. Sie machte dreißig Wiederholungen in schneller Folge auf einer Bank, pausierte eine Minute lang und wiederholte den Satz dann zwei weitere Male.

Als sie sich am letzten Set abmühte, blickte sie auf und sah ein Gesicht, das das Licht blockierte. Eine Frau stand zufällig über ihr mit einem verschwitzten Gesicht, einem unordentlichen Pferdeschwanz und einem Handtuch um den Hals.

"Komm schon, Wiederholungen, Wiederholungen, Wiederholungen!" ermutigte die Frau scherzhaft.

Erika erkannte sofort, dass es Coach Bethy war. Sie machte ein paar zusätzliche Wiederholungen an ihren Bauchmuskeln, als wollte sie ihre

Zähigkeit beweisen, dann stand sie auf,
um Coach Bethy zu begrüßen.

„Hey", lächelte sie und holte tief Luft
nach dem Training.

Coach Bethy lächelte zurück. „Tut mir
leid, dass ich Sie beim Training störe. Sie
brauchten einen Schub."

"Ja, ich versuche, besser in Form zu
kommen."

"Ich freue mich zu sehen, dass Sie hart
arbeiten", antwortete Coach Bethy.

„Apropos, warst du die ganze Zeit hier?
Ich hatte dich nicht gesehen."

Der Coach Bethy wischte sich mit einem
Handtuch das Gesicht ab. „Ich war die

letzte halbe Stunde in der Sauna. Davor habe ich eine Stunde Cardio auf dem Laufband gemacht."

"Hübsch."

"Bist du eine Läuferin, Erika?" Sie fragte. "Wie oft läufst du?"

„Nicht so viel, wie ich möchte. Ich laufe öfter, wenn keine Schule ist. Vielleicht 3-5 Meilen."

"Wunderbar."

„Offensichtlich habe ich keine Ergebnisse wie du", erwiderte Erika, als sie bemerkte, wie sich die Muskeln des Trainers beim Atmen kräuselten. „Ich meine, mein Gott, deine Figur ist unglaublich."

Coach Bethy beugte einen Bizeps. "Danke. Viel harte Arbeit."

„Ich meine, im Ernst. Du hast eine großartige Genetik.“

„In gewisser Weise, aber ehrlich gesagt, bin ich schlau mit meiner Routine.“

"Irgendwelche Geheimnisse?" fragte Erika. "Ich würde töten, um einen Körper wie deinen zu haben."

„Erstens, danke, das ist süß. Zweitens, sei stolz auf deinen Körper. Frauen sind zu hart zu sich selbst. Ich denke, jede Frau ist auf ihre eigene, einzigartige Weise hinreißend. Sei du selbst und rocke, was du hast.“

Erika nickte. „Oh, ich stimme diesem Gefühl definitiv zu. Aber nicht jedes

Mädchen ist in einem Sportteam. Tatsächlich bin ich in IHREM Team, und unsere Chancen, Spiele zu gewinnen, würden exponentiell steigen, wenn ich in besserer Form wäre."

Für zusätzlichen Effekt klimperte Erika mit den Wimpern und Coach Bethy lachte.

"Erzählen Sie mir von Ihrer typischen Trainingsroutine und Ernährung. Dann gebe ich Ihnen, wenn ich kann, ein paar Gedanken dazu."

Erika gab einen kurzen Überblick über ihr übliches Fitnessprogramm und ihren Ernährungsplan; alles davon, wie sie gerne lief und welche Übungen sie machte.

„Ich glaube, ich habe dein Problem gefunden", sagte Coach Bethy in abschließendem Ton.

"Was ist es?"

"Sie haben wahrscheinlich ein Plateau erreicht. Dann ist Ihr Körper so an die gleiche Routine gewöhnt, dass er aufhört, sich anzupassen, sodass Sie keine Gewinne mehr machen."

Erika schürzte die Lippen. "Hmmm... Interessant. Ich benutze seit Jahren die gleiche Routine, also könntest du recht haben."

„Vielleicht schwerere Gewichte heben oder explosivere Übungen ausprobieren. Wechseln Sie die Dinge, finden Sie etwas, das Spaß macht."

"Irgendwelche Empfehlungen?"

„Ich persönlich schwimme gerne", antwortete Coach Bethy. "Es ist gelenkschonend, hochintensiv und gibt mir ein Gefühl der Freiheit, wenn ich im Wasser bin."

„Gott, ich habe es als Kind immer geliebt zu schwimmen. Weniger, als unsere Familie an einen anderen Ort gezogen ist. Ich bin überhaupt nicht mehr schwimmen gegangen, seit ich zum College gezogen bin."

Problem gelöst. Versuchen Sie zu schwimmen. Schwimmen Sie hart, schwimmen Sie schnell, aber machen Sie sich nicht zu wund, sonst können Sie Softball nicht richtig üben . Ich werde große Veränderungen in deinem Körper bemerken."

„Das Problem ist, dass alle Schwimmbäder in der Nähe immer voll sind", stöhnte Erika. "Vor allem der Hochschulpool."

„Stimmt, deshalb komme ich immer früh auf den Campus und schwimme alleine. Der Stundenplan passt perfekt für mich."

"Alleine schwimmen? Das muss schön sein. Ich kann nur träumen."

"Spüre ich Eifersucht?" neckte der Coach Bethy. „Ja, ich habe den Pool ganz für mich alleine. Es ist sowohl körperlich als auch geistig therapeutisch für mich.

"Ich bin total neidisch."

"Du kannst dich mir gerne anschließen, solange du es geheim hältst."

"Bist du dir sicher?" fragte Erika
überrascht von dem Angebot.

"Warum nicht? Wird es dir unangenehm
sein?"

"Kommt darauf an. Bist du ein
Serienmörder?"

Coach Bethy schüttelte den Kopf. "Nein,
aber ich bin vielleicht ein Serienmörder,
der andere Serienmörder tötet, wie
Dexter."

„Funktioniert für mich", antwortete
Erika, bevor sie innehielt, um
nachzudenken. „Ich störe dich nicht,
oder? Ich meine, ich möchte deine
private Zeit nicht stören."

„Unsinn. Ich werde am Montagmorgen
um 6:45 Uhr am Pool sein. Wenn Sie

Interesse haben, seien Sie pünktlich und bringen Sie ein Handtuch und Badesachen mit.

„Es ist ein Date", lächelte Erika.

Der Coach Bethy warf einen fragenden Blick zu. „Interessante Wortwahl. Wie auch immer, ich muss gehen und ich brauche eine Dusche.

"Keine Sorge. Meine Bauchmuskeln sind sowieso scheiße."

Der Coach Bethy stupste Erika in den Bauch. "Montagmorgen. Ich zeige dir ein paar gute Übungen für Bauchmuskeln im Pool."

"Glaubst du, das wird für mich funktionieren?"

„Bei mir hat es funktioniert", antwortete die Trainerin, rieb sich ihren eigenen flachen Bauch und spürte die angespannten Muskeln.

KAPITEL 2

Ganz im Ernst, Erika war überwältigt von der Chance, privat mit Coach Bethy zu trainieren. Schließlich war diese Trainerin eine großartige Person und in fantastischer Form.

Tief im Inneren träumte Erika immer davon, dieses Mädchen zu sein. Das Mädchen, das den Siegtreffer erzielt hatte, hob das gesamte Team auf die Schultern, damit sie als Heldin über das Feld geführt werden konnte. Es war unwahrscheinlich, aber nichtsdestotrotz eine Fantasie.

Am Montag kam sie pünktlich an und begrüßte Coach Bethy. Nachdem sie den Pool aufgeschlossen, das Licht und die

Heizung eingeschaltet hatten, gingen sie in die Umkleidekabine, um sich umzuziehen . Sie zogen ihre Badesachen in verschiedenen Umkleidebereichen an, damit sie sich nicht nackt sehen würden.

Sie trafen sich im Poolbereich, wo sie sich einen Moment Zeit nahmen, um die Badekleidung des anderen zu bewundern.

"Ist das neu?" fragte der Coach Bethy.

"Yep. Ich habe es am Wochenende gekauft."

„Schön. Sieht so aus, als wärst du bereit zu gehen."

Sie machten ihre Aufwärmübungen und lockerten ihre Gliedmaßen für einige Minuten. Als ihre Körper warm waren,

tauchten sie in den Pool und
schwammen Bahnen. Anfangs normales
Tempo. Dann schwammen sie schnell
zwischen beiden Enden des Beckens hin
und her und arbeiteten an ihrer Kraft
und Ausdauer.

Nach zehn Runden mit sehr wenig Pause
dazwischen lehnten sie mit den Armen
auf dem Beton am Beckenrand.

„Das war heftig", schnaubte Erika mit
einem schweren Atemzug.

"Das war es. Und ich liebe es."

Erikas Herzfrequenz bewegte sich in
Richtung Normalität. "Ich werde morgen
definitiv wund sein."

Coach Bethy hob eine Augenbraue.
„Denkst du, wir sind schon fertig?"

"Sind wir nicht?" antwortete Erika.

„Deine Bauchmuskeln, erinnerst du dich? Wolltest du nicht daran arbeiten?"

„Ich denke, ich habe genug von einem Kerntraining, wenn ich diese Runden geschwommen bin."

Ein sadistisches Lächeln kam über die Lippen der Trainerin. „Unsinn. Wir sind schon im Pool, also können wir genauso gut das tun, wofür wir hergekommen sind. Folgen Sie meinem Beispiel. Stellen Sie sich mit dem Rücken gegen die Wand, halten Sie sich mit den Armen am Beton fest und machen Sie Beinheben. So ."

Coach Bethy ging mit gutem Beispiel voran, lehnte sich mit dem Rücken an

die Wand, stützte ihre Arme auf dem
Beton ab und machte dann Beinheben,
damit ihre Füße aus dem Wasser ragten.
Sie machte mehrere Wiederholungen.
Erika tat dasselbe, hatte aber nach der
dritten Wiederholung Probleme.

„Das ist hart", seufzte Erika und setzte
ihre Füße wieder ab. "Es ist so viel
schwieriger, wenn das Wasser
Widerstand hinzufügt."

"Das ist der Punkt."

"Ich kann nicht weitermachen."

"Klar kannst du das, nur noch ein paar
Wiederholungen."

Erika streckte ihre Zunge heraus.
"Ughhh... kannst du mir wenigstens
helfen?"

"Sicher."

Das war, als der Trainer ihre Hände ins Wasser steckte, um Erika zu helfen, indem sie unter ihren Unterschenkeln drückte, damit mehr Wiederholungen gemacht werden konnten.

„Nun, das nenne ich Training", lächelte Erika, als der Trainer half, ihre Beine für ein paar weitere Wiederholungen zu heben.

"Ich bin überrascht, dass ich dich noch nicht vergrault habe, um ehrlich zu sein."

„Vom Training? Ich bin nicht der beste natürliche Athlet, aber ich bin auch kein Drückeberger. Auch wenn ich vor einem

Moment versucht habe, aufzuhören. Ich bin hartnäckig, wenn ich es sein muss.“

Erika machte weiterhin Beinheben im Wasser, während der Trainer ihre Bewegungen unterstützte.

"Ich meine das andere", sagte Coach Bethy. "Du scheinst nicht der Typ zu sein. Deshalb bin ich überrascht."

"Jetzt bin ich total verwirrt."

"Egal."

Erika legte ihre Beine ab und sie sahen sich an. „Du hast letzte Woche auf etwas angespielt, dass du nicht mit mir trainieren wolltest. Jetzt implizierst du wieder etwas. Gibt es etwas, das ich übersehe? Ich meine, bist du ein

Serienmörder oder was? Ich verspreche, ich werde es nicht sagen. "

"Du weißt es nicht?" fragte der Coach Bethy. "Ich bin lesbisch. Ich schätze, du bist das einzige Mädchen im Team, das es noch nicht gehört hat."

"Oh..."

"Haben Sie das Memo nicht bekommen?"

"Ich wusste nicht, dass es einen gibt", zuckte Erika mit den Schultern.

„Ich verstehe, dass es 2023 ist, und ich behaupte nicht, dass Sie homophob oder so sind. Aber einige der Mädchen im Team haben einen religiösen Hintergrund, deren Eltern viel Geld zu dieser akademischen Einrichtung beitragen. Es ist eine knifflige Sache. "

"Erpressen sie dich?"

Coach Bethy schüttelte den Kopf. "Nein,
nichts dergleichen. Es ist eine lange
Geschichte. Aber im Grunde haben
einige der Mädchen im Team gesehen,
wie ich eine Professorin in der
Umkleidekabine geküsst habe."

"Eine Professorin?" fragte Erika und
verbarg ihre Überraschung.

„Ja, eine Professorin. Es war eine
kurzlebige Sache. Die Lehrerin konnte es
kaum erwarten und kam herein und wir
küssten uns. Ich dachte, wir hätten
genug Privatsphäre, also ließ ich es zu.
Jedenfalls sahen sie es und waren
genauso schockiert wie du bist. Wir
haben uns unterhalten und sie haben
zugestimmt, es für mich geheim zu
halten. Aber Mädchen werden Mädchen

sein, und ich weiß, dass sie Informationen über mich verbreiten. Ich habe bemerkt, dass einige der weiblichen Spieler im Team kichern, wenn sie mich sehen. Hey, so ist das Leben, oder?"

"Das ist Scheiße."

"Was kann ich tun? Ich bin hier nicht in einer vorteilhaften Position."

„Es ist 2023, du kannst so schwul sein, wie du willst", sagte Erika.

„Ich weiß. Aber das Stigma wird da sein, und ich möchte die Dinge nicht seltsam machen, weil ich viel mit prominenten Mitgliedern dieser Institution zusammen bin. Mitglieder, die, sagen wir, viel traditioneller sind als wir. Nicht das es ist eine schlechte Sache. So ist es einfach."

„Fürs Protokoll, ich habe kein Problem mit deinem Lebensstil. Ich finde dich wunderschön und großartig. Und das meine ich wirklich von ganzem Herzen.“

"Das bedeutet viel", lächelte Coach Bethy. „Jedenfalls war ich mir nicht sicher, was du davon hältst.

"Woher weißt du, in welche Richtung ich schwinge?"

„Deine Augen neigen dazu, auf meine Muskeln zu blicken. Nicht auf meine Brüste, Beine oder Lippen.“

Erika lächelte. "Ich denke, das ist ein guter Maßstab."

"Nun, wir gehen besser aus dem Pool, bevor wir uns vom langen Aufenthalt im Wasser in Pflaumen verwandeln."

"Ich bin noch nicht fertig mit meinen Beinheben."

"Bist du nicht?" fragte Coach Bethy, die wusste, wohin das führte.

„Ich bin mir sicher, dass ich ein paar Wiederholungen herauspressen kann. Gott weiß, dass mein Kern alle Hilfe braucht, die er bekommen kann.“

"Ich nehme an, Sie brauchen Hilfe."

Erika drückte ihren Rücken gegen die Wand und hielt sich am Beton fest. "Ich kann diese Beinheben im Pool nicht ohne deine Hilfe machen. Ich bin eindeutig nicht so stark wie du."

„Ich denke, es ist sehr stark, sich für seine Fitness zu engagieren.“

Coach Bethy griff ins Wasser und legte ihre Hände wieder unter Erikas Oberschenkel, um ihr beim Beinheben im Wasser zu helfen. Die Stimmung zwischen ihnen hatte sich geändert. Es war, als wären sie sich durch die Informationen, die sie teilten, näher gekommen. Die Bindung geschieht in der Regel auf diese Weise.

"Wie fühlt es sich an?" fragte der Coach Bethy. "Schon brennend?"

„Redest du von meinem Kern oder von deinen Händen in der Nähe meines Hinterns?“

Coach Bethy seufzte gespielt. "Beantworten Sie das, wie Sie wollen."

"Sie brennen beide. Auf eine gute Art."

Die Frauen lächelten einander an und nach ein paar weiteren Wiederholungen mit Unterstützung bat Erika darum aufzuhören, da ihre Bauchmuskeln schmerzten. Der Coach Bethy ließ los und Erika legte ihre Beine auf den Beckenboden.

„Du bist ein guter Sportler", freute sich Coach Bethy. "Ich mag deine Arbeitsmoral."

Erika verspannte sich plötzlich. "Kann ich dich etwas fragen? Es ist irgendwie peinlich, aber ich möchte dich trotzdem fragen."

"Sicher, alles."

"Wann hast du es gewusst? Ich meine,
du weißt, was ich meine. Aber wann hast
du es gewusst?"

Natürlich hat Coach Bethy die Frage
verstanden. „Ich habe es immer gewusst.
Warum?

Erika schüttelte den Kopf. "Nein, nun, ich
weiß nicht. Es ist kompliziert."

„Hmmm...“, brummte Coach Bethy leise
vor sich hin. "Du bist interessant."

"Warum? Weil ich weiblich komisch bin
und nicht in die stereotypen Schubladen
falle?"

"Vielleicht."

"Nun, das ist beruhigend", antwortete Erika..

„Es ist in Ordnung, neugierig zu sein. Es ist vollkommen natürlich. Aber ich bin mir nicht sicher, ob ich die richtige Person bin, mit der Sie sprechen sollten. Ich bin eine weibliche Angestellte dieser Schule und bin an ethische Richtlinien gebunden.“

"Ich bin erwachsen."

Coach Bethy holte tief Luft. „Wenn Sie auf etwas neugierig sind, dann bin ich für Sie da. Ich weiß, dass Sie sich in einer herausfordernden Zeit in Ihrem Leben befinden, da Sie eine junge Frau auf dem College sind.“

"Danke."

"Gab es irgendetwas Bestimmtes,
worüber du reden wolltest?"

"Wie ist das erste Mal passiert?" Erika
zwang sich zu fragen. „Ich meine, hast du
die andere Person verfolgt? Oder ist die
andere Person dir nachgegangen?"

„Um ehrlich zu sein, beruhte es auf
Gegenseitigkeit. Mein erstes Mal war
ungefähr in deinem Alter, als ich auf dem
College war. Ich war Mitbewohnerin
dieses Mädchens. Ich erspare dir die
Details. Aber ich wusste, was ich war
Dinge. Das einzige, was wir gemeinsam
hatten, war, dass wir uns wirklich
verstanden. Wir hatten eine großartige
Chemie zusammen, und
überraschenderweise fühlte sie sich zu
mir hingezogen."

"Ich finde das überhaupt nicht überraschend. Du bist heiß."

Der Coach Bethy lächelte: „Danke. Aber das war mein erstes Mal. Es ist irgendwie eines Abends passiert, als wir zusammen lernten.

"Lernen und dann küssen. Das klingt ziemlich cool."

„Ich kann immer noch nicht glauben, dass meine Instinkte bei dir falsch lagen.“

Erika zuckte mit den Schultern. „Ich bewahre bestimmte Dinge über mich streng geheim. Ich kann gut mit Geheimnissen umgehen. Ich habe diese Diskussion noch nie mit jemandem geführt.“

„Nun, ich fühle mich geschmeichelt. Nun, warum fragst du? Hattest du jemanden im Sinn?

„Meine Güte, nein. Ich gebe zu, ich denke so an einige meiner Freundinnen und es würde mir nichts ausmachen, sie zu küssen, aber noch hat sich niemand an mich gewandt.“

Trainerin Bethy lachte. „Lebst du so dein Leben? Wartest du darauf, dass andere den ersten Schritt machen?“

Erika nickte.

„Das ist keine gute Lebensstrategie“, entgegnete Coach Bethy. "Tatsächlich ist es eine schreckliche Lebensstrategie."

„Was ist die Alternative? In der örtlichen Bar herumlaufen und Mädchen anbaggern? Eine lesbische Tinder-App auf meinem Handy finden? Ich wüsste nicht, was ich tun sollte."

"Hmmm..."

"Was bedeutet das?"

Die Trainerin schüttelte den Kopf. "Egal."

"Nein, sag mir."

„Nichts. Ich dachte nur, da du ein Geheimnis bewahren kannst, verstehen wir uns, und du warst neugierig, ich hätte dir bei deinem kleinen Dilemma helfen können. Natürlich wäre das ein Verstoß gegen die Ethik."

Erikas Augen weiteten sich und sie bemühte sich nicht, ihre Gefühle zu verbergen. Könnte ein solches Angebot wirklich auf dem Tisch liegen? Allein der Gedanke daran ließ ihre Beine im Pool kreuzen. Sie machte auch keinen Versuch, das zu verbergen. Tatsächlich war sie sich sicher, dass Coach Bethy ihre Erregung riechen konnte, die vom Pool ausging, indem sie Superkräfte benutzte.

„Ich kann ein Geheimnis bewahren", quietschte Erika.

"Regeln sind Regeln. Ich hätte das nicht erwähnen sollen."

"Du fährst also nie über dem Tempolimit?"

"Das ist anders."

"Wie?"

Coach Bethy dachte einen Moment nach.
"Schwören Sie, es niemandem zu
erzählen?"

"Ich schwöre. Wenn es um Geheimnisse
geht, bin ich zuverlässig."

"Wenn Sie dieses Versprechen brechen,
ist die Strafe der Tod."

Erika klimperte mit den Wimpern und
nickte. "Dreifach schwören."

"Schließe deine Augen."

Und da änderte sich alles. Erika hielt die
Augen geschlossen, spürte, wie das
Wasser um sie herum floss, und spürte

dann, wie sich ein Paar Lippen gegen
ihre eigenen drückte. Der Kuss fühlte
sich gut, weich und leidenschaftlich an.
So sollte sich ein guter Kuss anfühlen. Es
war viel zärtlicher als jeder andere Kuss,
den sie je gefühlt hatte. Das Gefühl der
Berührung ihrer Lippen sandte ein
angenehmes Gefühl durch Erikas
Wirbelsäule.

Als Coach Bethy ihre Zunge
hineinsteckte, spürte Erika, wie sich ihre
Muschi hart verkrampfte. Ihre Beine
kreuzten sich fester und ihre Zehen
kräuselten sich. Ihre Zungen rangen für
ein paar Sekunden, bevor Coach Bethy
sich zurückzog.

"Du kannst jetzt deine Augen öffnen",
sagte der Trainer.

Erika öffnete ihre Augen, um die schöne
lächelnde Frau zu sehen. "Das war..."

„Jetzt weißt du, wie es ist. Die Neugier ist weg.“

„Hat es dir gefallen? Ich meine, es mir anzutun.“

Trainerin Bethy nickte. „Ehrlich gesagt, du schmeckst gut.

„Danke“, Erika wurde rot. "Du auch."

„Wir müssen jetzt gehen. Ich habe in etwa einer halben Stunde Unterricht. Das war nett.

"Warum nicht?"

„Keine bösen Gefühle, okay? Wir sehen uns morgen beim Training.“

Als die Trainerin Bethy versuchte, den Pool zu verlassen, setzten Erikas Instinkte und Hormone ein, und sie packte die weibliche Trainerin um die Taille und zog sie an sich, sodass sie sich erneut küssten. Erika überraschte sich selbst, als sie es tat. Sie war noch überraschter, dass Coach Bethy ihr nicht ins Gesicht schlug.

Dann endete der Kuss und sie sahen sich an.

„Es tut mir leid, dass ich dich so angefasst habe", sagte Erika mit einem Anflug von Bedauern. "Ich weiß nicht, was über mich gekommen ist."

„Du bist jung und küsst dich gerne. Ich verstehe. Aber spiele niemals dominant mit mir. Das ist mein Fitnessstudio. Ich bin dein weiblicher Trainer.

Jetzt war der Trainer an der Reihe, die Kontrolle auszuüben, indem er Erika zu einem noch tieferen Kuss zog und zeigte, wie das gemacht wurde. Die Trainerin zeigte ein wahres Gefühl der Kontrolle über die Situation, glitt sogar mit ihrer Hand nach unten, zog Erikas Badeanzugunterteil zur Seite und tauchte zwei Finger hinein, ohne aufzuhören, bis Erika kam.

Und Erika kam im Handumdrehen.

KAPITEL 3

Das war wirklich alles, woran sie denken konnte. Warum nach so einem Erlebnis an etwas anderes denken?

Deshalb war es für Erika eine große Überraschung, dass Coach Bethy ihr am nächsten Tag beim Training scheinbar die kalte Schulter zeigte. Wieder einmal spielte die Trainerin Favoriten und verbrachte die meiste Zeit damit, mit den Topspielern zu kommunizieren und allgemeine Anweisungen zu geben. Angesichts des Siegesdrucks für die Mannschaft war das verständlich.

Aber trotzdem küsst du kein Mädchen, bringst sie nicht in den Pool und tust so, als wäre es nie passiert. Das ist einfach nicht richtig. Zumindest erwartete Erika ein Lächeln und ein Hallo-Winken, aber nicht einmal das bekam sie.

Schlimmer noch, der Coach Bethy bat sie sogar, die Ausrüstung selbst wegzuräumen, da sie mit dem Aufräumen an der Reihe war. Sie war sich sicher, dass sie für ihr übermäßig aggressives sexuelles Verhalten im Pool bestraft wurde, und das war die Art und Weise, wie der Trainer sie wissen ließ, wer der Boss ist.

Als Erika endlich duschen konnte, nahm sie sich Zeit und nutzte die Gelegenheit, um sich zu entspannen. Die anderen Mädchen hatten schon geduscht, die Umkleidekabine verlassen und die arme Erika war ganz allein. Sie schrubbte sich und shampoonierte ihr Haar. Alles, woran sie denken konnte, war, wie sie dieses schöne Erlebnis mit Coach Bethy hatte, das irgendwie vermasselt wurde.

Als das Shampoo weggespült war und sie ihr Haar zurückstrich, sah sie jemanden im Augenwinkel und drehte sich um, um Coach Bethy vor sich stehen zu sehen, immer noch mit einem einfachen T-Shirt und einer Jogginghose bekleidet, an der Wand gelehnt und sie anstarrend.

Erika stellte die Dusche ab und ließ das Wasser von ihrem Körper tropfen. Sie hatte kein Problem damit, splitternackt vor ihrer Trainerin zu stehen. Vielleicht lag es daran, dass sie schon so erschöpft war; physisch von der Übung und emotional von ihrer wahrgenommenen Misshandlung. Oder vielleicht, weil es erregend war, ihre Trainerin sie so nackt sehen zu lassen.

„So siehst du süß aus", sagte Coach Bethy mit bewundernden Augen.

"Wie in nackt?"

Trainerin Bethy lächelte. „Ja, deine Titten sind hübsch, so wie ich sie mir vorgestellt habe. Ich liebe die Art, wie Wasser deine prallen Brüste bedeckt, und diese rosa Brustwarzen sind ein Traum."

Die beruhigenden Worte veranlassten Erika, ihr Kinn hoch zu halten und ihre Brust nach vorne zu richten.

"Weitermachen."

Coach Bethy prüfte weiter. "Du hast eine schöne Figur. Weiche Haut. Eine schöne Figur. Und einen schönen runden Hintern, zwischen dem ich wünschte, ich könnte mein Gesicht verstecken."

Erika presste ihre Pobacken bei der
bloßen Erwähnung seiner rundlichen
Form zusammen.

„Vielleicht würde ich dich mit meinem
Hintern spielen lassen, wenn du mich
heute nicht so abweisen würdest. Hat dir
unsere Pool-Sache nichts bedeutet?"

„Zuallererst bist du absolut köstlich",
bestätigte Coach Bethy. „Zweitens habe
ich dich mit dem Aufräumen beauftragt,
damit wir jetzt allein sind."

Erikas Muschi verkrampfte sich. "Oh."

„Ich will ehrlich sein; ich kann nicht
aufhören, an dich zu denken. Aber
gleichzeitig möchte ich meinen Job oder
meinen Ruf deswegen nicht verlieren."

„Ich kann ein Geheimnis bewahren",
sagte Erika.

"Schwören?"

"Ich schwöre."

„Gut, denn ich brauche eine Dusche",
antwortete Coach Bethy. "Wirst du das
Wasser anlassen und mir helfen, mich zu
waschen?"

Erikas Herz setzte einen Schlag aus.
"Sicher, alles."

Erika ließ das Duschwasser wieder
laufen, während sie Coach Bethy dabei
zusah, wie sie sich ganz lässig auszog.
Unter dem T-Shirt des Trainers war ein
schwarzer Sport-BH, der kleine Brüste
bedeckte. Die Trainerin zog ihre Schuhe
und Socken aus und stand barfuß auf

dem Boden; dann kam ihre Hose und enthüllte ihr Höschen.

Das Verrückteste war, dass Coach Bethy sich auszog, als wäre sie allein. Niemanden anschauen. Ohne Zögern. Daran ist nichts sexy. Als sie ihren Sport-BH und ihr Höschen auszog, enthüllte sie ihren nackten Körper mit einer Bikini-Bräunungslinie um ihre Brüste und ihren Schritt. Ihre Brüste waren klein, aber ihre braunen Brustwarzen waren groß und bereits steif.

Erika blieb wie erstarrt, als ihre Trainerin sich ihr näherte und unter das Wasser stieg, um sich abzuspülen. Dann trat sie zur Seite.

„Shampoo", sagte die Trainerin mit dem Rücken zu ihr. "Dann benutze dein Peeling bei mir."

"Ja, Coach Bethy."

Mit eifrigen Händen gab Erika eine angemessene Portion Shampoo in ihre Handflächen und rieb es auf die Haare ihres Trainers. Sie streichelte und massierte, bis überall weiße Schaumblasen waren. Es war lustig und seltsam erotisch, einer anderen Frau die Haare zu waschen.

Als nächstes kam der lustige Teil. Erika wusch ihre Hände im Duschwasser und trug dann Gel auf ein Peeling auf.

"Überall?" fragte Erika.

Coach Bethy drehte sich zu Erika um, sodass sie sich nackt gegenüberstanden.

"Überall."

Erika holte tief Luft und machte sich an Bethys Körper zu arbeiten. Beginnen Sie zuerst mit den „sicheren" Bereichen, wie Schultern und Armen, und spüren Sie den Muskeltonus. Dann bewegte sie sich auf ihre Brüste. Ihre Augen bewunderten die braunen Linien. Erika wollte unbedingt diese großen braunen Nippel kneifen, aber sie hatte keine Erlaubnis, also vermied sie es. Nichtsdestotrotz drückte sie mit dem Peeling auf die Brustwarzen und Brüste und beobachtete, wie sie leicht wackelten. Die Beine wurden zuletzt gemacht.

„Jetzt leg das Peeling ab", sagte Coach Bethy. "Reib meine Haut. So werden Körper gereinigt, nicht wahr?"

„Ja", antwortete Erika.

Es war pure Freude, als Erika ihre bloßen Hände über die seifige Haut der

Trainerin rieb und den Ton und das Fleisch spürte. Endlich konnte sie diese Brüste fühlen, sogar diese Brustwarzen reiben (obwohl sie immer noch nicht den Mut aufbringen konnte, sie zu kneifen). Sie rieb sogar die athletischen Oberschenkel, Waden und den festen Hintern der Trainerin.

„Überall", sagte Coach Bethy und drehte Erika den Rücken zu. "Reib meinen Kitzler."

Erika schnappte nach Luft. "Haben Sie keine Angst, dass uns jemand erwischt?"

„Um diese Tageszeit sollte niemand mehr hier sein.

"Was genau soll ich tun?"

"Bring mich zum Kommen."

Erika schluckte. „Richtig. Du willst, dass ich mich für den Gefallen aus dem Pool revanchiere."

"Kluges Mädchen."

Erika drückte die Vorderseite ihres nackten Körpers gegen das nackte Hinterteil der Trainerin. Es fühlte sich elektrisch an. Dann streckte sie ihre rechte Hand aus und berührte den Schritt und die äußeren Schamlippen der Trainerin. Es fühlte sich an wie ein Blitz. Dann rieb sie die Klitoris der Trainerin. Oh Gott...

Es war ziemlich einfach. Erika führte ihre normale Masturbationsroutine mit zwei Fingern an der Muschi der Trainerin durch und die Reaktion war sofort. Coach Bethy stöhnte und lehnte ihren Kopf vor Vergnügen zurück.

„Das kannst du so gut", stöhnte Coach Bethy. "Wo warst du mein ganzes Leben lang?"

Erika rieb weiter ihren Kitzler. "Jetzt kann ich deine Assistenztrainerin sein."

„Genau. Inoffiziell, das heißt. Perfekt zum Stressabbau unter allen Umständen. Hör nicht auf, ich komme gleich."

Diese Worte zu hören, entzündete nur ein Feuer unter Erika. Sie hielt den nackten Körper der Trainerin fest und rieb wild daran.

Plötzlich spannte sich der Körper der Trainerin an und sie lehnte ihren Kopf weiter nach hinten. Sie atmete tief ein und hielt die Luft an, als ob ihr Herz stehen geblieben wäre, dann atmete sie alles aus. All ihr Stress für den Tag war augenblicklich verschwunden und wurde vollständig durch Vergnügen ersetzt.

„Das war eine Freude", hauchte Coach Bethy.

„Weißt du, wenn meine Hände nicht eingeseift wären, würde ich mir jetzt die Finger lecken."

Coach Bethy drehte sich um, sodass sie einander gegenüberstanden. „Ist das das, was du normalerweise machst, nachdem du masturbiert hast?"

"Wenn ich in der richtigen Stimmung bin."

"Braves Mädchen."

Sie kicherten und küssten sich auf die Lippen. Dann stiegen sie gemeinsam ins Duschwasser und ließen die Seife in den Abfluss fließen.

Als sie das Wasser abstellten, küssten sie sich noch ein bisschen, und plötzlich hörten sie es: Reden und Lachen. Zwei oder drei Mädchen hatten gerade die Umkleidekabine betreten.

„Oh verdammt", flüsterte Erika keuchend. "Wir müssen uns anziehen."

„Keine Zeit. Folge mir."

Coach Bethy packte Erika am Handgelenk und zog sie aus der Dusche, während sie sich dabei ihre eigene Kleidung schnappte. Sie gingen auf Zehenspitzen in den hinteren Teil der

Umkleidekabine, wo die Trainerin ihre
Kleider auf eine Bank warf und ihren
Finger an ihre Lippen legte, um zu sagen:
"Shhh ...."

Sie standen schweigend da, nackt, ihre
Körper tropften vor Wasser, während
sie den Mädchen beim Reden zuhörten.
Es waren drei Spielerinnen im
Softballteam. Ironischerweise war es
dieselbe Gruppe religiöser Mädchen, die
vor einiger Zeit das lesbische Geheimnis
der Trainerin entdeckt hatte.

Dieser verdrehte Sinn für Ironie brachte
Coach Bethy nur dazu, zu lächeln und
Erikas Schönheit aus der Nähe zu
bewundern, während Erikas Rücken
gegen den Spind gedrückt wurde.

„Mach keinen Laut", flüsterte Coach
Bethy.

Als die Mädchen laut miteinander sprachen, küsste die Trainerin Erika mit der Zunge, und Erika küsste so leise wie möglich zurück.

Aber Coach Bethy wollte nicht nur küssen. Auf keinen Fall. Die Kutsche fiel auf die Knie und sah mit einem teuflischen Blick in ihren Augen auf. Das machte Erika sofort nervös. Sie wusste, dass sie sich nicht zurückhalten konnte, wenn sie von ihrer erfahrenen Trainerin gefressen wurde. Es gab keine Wahl.

Coach Bethy hob eines von Erikas Beinen und stellte ihren Fuß auf die Bank, was Erika mit einer gespreizten, nassen Muschi zurückließ. Der Trainer machte wieder die 'Shhh...'-Geste und begann zu essen, drückte ihre Lippen gegen die Lippen von Erikas Muschi.

ihrerseits presste die Kiefer zusammen. Zur Sicherheit presste Erika beide

Handflächen auf den Mund, um eventuelle Geräusche zu unterdrücken. Sie zwang sich zu schweigen, als die Trainerin eine fachmännische mündliche Darbietung ablieferte; zu spüren, wie die Zunge ein- und austaucht, zu spüren, wie an ihren Schamlippen gesaugt wird, und gelegentlich zu spüren, wie die heiße Zunge über ihre Klitoris flackert.

Es machte sie wahnsinnig, besonders zuzuhören, wie die Spielerinnen im Team derbe Witze über ihr Sexleben machten. Es war auch erregend, diese Spielerinnen zu belauschen, während sie eine geheime lesbische Begegnung mit Coach Bethy hatten.

Die Gefühle bauten sich in Erika auf und sie wusste, dass sie gleich platzen würde. Sie hatte Angst davor, zu schreien, weil sie erwischt werden würden.

Sie tippte Coach Bethy auf den Kopf und formte die Worte: „Ich werde so verdammt hart abspritzen."

Anstatt aufzuhören, sah Coach Bethy nur noch erregter aus und machte wieder die ‚Shhh...'-Geste.

Coach Bethy aß wieder Erikas Muschi, dieses Mal energischer, und tauchte zwei Finger in das erregte Loch. Es war genug, um Erika verrückt zu machen. Und es brachte sie zum Abspritzen.

Erika bedeckte ihren eigenen Mund mit zwei Händen und tat alles, um nicht zu schreien. Sie spürte, wie ein Schwall Flüssigkeit in den Mund der Trainerin schoss, und für einen Moment fragte sie sich, ob die Trainerin Bethy aufstehen und sie schlagen würde. Stattdessen lutschte die Trainerin weiter.

Offensichtlich genoss Coach Bethy es,
ihn zu trinken.

Als es fertig war, stand Coach Bethy auf
und umarmte ihre neue
Lieblingsspielerin im Team, ihre nackten
Körper und harten Nippel berührten
sich. Sie standen da, sahen sich in die
Augen, während sie den anderen
Mädchen zuhörten, die immer noch
redeten. Überall im Mund der Trainerin
war Flüssigkeit.

Schließlich gingen die anderen
Spielerinnen und sie waren wieder
allein.

"Kann ich dir ein Geheimnis erzählen?"
fragte Coach Bethy.

"Irgendetwas."

"Das ist eigentlich ein großer Fetisch von mir. So Mädchen/Mädchen-Sachen in der Umkleidekabine zu machen. Es ist ein riesiger Adrenalinschub für mich. Es gibt nichts Vergleichbares. Ich bin froh, dass ich das mit dir erleben durfte."

Erika seufzte, "Fuck, das war so verdammt heiß. Ich glaube, ich habe mein neues Lieblingshobby gefunden."

„Willkommen in meiner Welt. Du bist die erste Spielerin in meinem Team, mit der ich jemals herumgespielt habe, und ich weiß nicht, was ich tun soll. Wir werden das im Laufe der Zeit herausfinden, vorausgesetzt, du möchtest Fahren Sie fort. Inzwischen ist es spät geworden, und wir sollten uns besser anziehen."

Sie küssten sich wieder auf den Mund, aber dieses Mal schmeckte Erika ihren eigenen Spritzer auf dem Mund der Trainerin. Als die Trainerin den Kuss

beendete, schnappte sie sich ihre Kleider
und ging weg.

„Warte", sagte Erika, bevor Coach Bethy
gehen konnte. „Tut mir leid, dass ich dir
so in den Mund gespritzt habe.

Coach Bethy lächelte: „Wie ich schon
sagte, du bist köstlich."

Die Sitzung war vorbei und der Trainer
ging weg, die Kleidung in der Hand, und
ihr nackter Hintern schwankte bei jedem
Schritt, damit Erika sie bewundern
konnte.

ENDE

* 9 7 9 8 2 1 5 6 8 9 3 0 1 *